그리움, 가슴에 머물다

그리움,
가슴에 머물다

성성모 세 번째 시집

대양미디어

독자에게 인사드리며, 시집을 내놓는 심정

로맨스 없는 세상, 마음이 식어가면…

나는 언제나 봄, 여름, 가을, 겨울을 견뎌야 하는 운명적 고단함을 달고 살아가는 독한 일상인가 보다.

언제나 외톨이로 신神께 의지하며 벗어나고자 노력해 보지만… 마음의 눈물로는 한계에 다다른다.

점차, 늙어가는 세월 속에 흐르는 왜소함으로 침묵을 강요당하고, 가는 세월을 따라잡지 못해, 늘 홀로 가야 하는 슬픈 여정, 그 속에 싹트는 외로움의 고독 그리고 그리움의 몸부림, 지쳐가는 나약함으로 로맨스 없는 세상에서 마음이 식어가는 나를 내가 보게 된다.

내가 나를 봐도, 아차 싶다! 더 이상 방치하면, 그 누가 알아주지 않는 그냥 낙오된 장애인의 나그네일 뿐이다.

제1집 『인생이 아프다』와 제2집 『그래도 살아야지』가 베스트셀러가 되고 난 뒤, 지인들과 독자의 격려와 응원 그리고 감사를 잊고 있지는 않았는지… 정신 차리고 나의 현상의 일상을 두리번거린다.

나는 홀로 가는 세월, 내 삶에 담아내는 일기를 시詩 방식으로 쓴다.

그날에 일어나는 생각, 느낌, 현상 그리고 감정을 나의 육체와 현실 마음에 담아 세상에 시詩로서 일기日記로 탄생하게 된다. 그 어느 날, 내가 쓴 시적詩的 일기日記를 보게 되면, 그날의 나를 보게 되고, 그날의 현상을 알게 된다. 그날의 그 글로서, 나는 그날의 절망과 고단함, 외로움과 그리움을 견디며, 녹아내는 마음과 의지로, 돌파구를 찾는 하나의 카타르시스로 나의 힘이 되고 있었으며, 가슴에 머물고 있는 긴 그리움이 살아생전에 이뤄갈 것이라는 강한 의지로 나를 오늘까지 존재하게 하는 희망의 약이 되고 있었다.

이것을 엮어서 제3집 『그리움, 가슴에 머물다』를 세상에 내놓게 되었다. 세월의 아픔과 고단함이 그때마다 어떻게 표현되었는지, 그 시詩의 일기日記로 어떻게 힘을 얻어, 오늘까지 당당한 자존감으로 존재하고 희망의 끈을 놓지 않고, 오늘을 살아가는 하나의 삶의 해방구였음을….

제3집 『그리움, 가슴에 머물다』가 그리움을 품고 인생의 영역에서 지쳐가는 오늘을 살아가는 독자에게, 공감과 공유의 마음가짐의 긍정적 에너지로 아픔과 고단함, 외로움과 그리움을 어떻게 승화시켜가며, 넘치는 에너지로 긍정적 사고로 희망을 만들어 가는 삶의 여정에, 조금이라도 울림의 감동으로 공감을 함께하기를 기원해 본다. 이 공간에서 교류하는 대화의 창이 되었으면 좋겠다.

2024 한여름에
깊물(心海) 성성모

그 한 사람

어느 집단이나 단체 모임이든 '그 한 사람'으로 인해 좋은 분위기가 만들어지는 경우를 종종 보게 된다. 긍정적 에너지 발산과 미소 짓게 하는 유머 그리고 촌철살인의 언어 구사로 비타민 역할을 하는 그런 사람 말이다. 바로 이 책의 저자가 '그 한 사람'이다.

우리 교회 어떤 모임이든 성성모 안수집사님이 참여하거나 활동하는 모임에는 늘 웃음꽃이 만발한다. 거기서 끝이 아니다. 그는 사람을 이끄는 리더십이 남다를 뿐만 아니라, 사람을 깊이 이해해 조율하는 능력도 탁월하다. 한마디로 다방면에 있어 에너지와 능력이 충만한 분이다. 일상도, 인간관계도, 신앙도, 삶의 열정도….

사실 어떻게 이런 인간상이 만들어졌는지 처음엔 알 길이 없었다. 왜냐하면, 그에게는 누구도 감당키 어려운 아픔의 무게가 있기 때문이다. '이분은 대체 어떻게 저렇게 주변에 선한 영향력과 활기를 주는 사람이 될 수 있었을까?' 생각하던 중, 이 책을 통해 비로소 그 답을 찾게 되었다.

그것은 바로 성성모 작가에게는 글을 통해 벌이는 치열한 싸움 현장이 있었다는 사실이다. 그 현장에는 그의 운명! 한계! 아픔! 그리고 신앙! 희망! 의지!가 한데 어우러져 눈물과 함께 흘러내리고 있었다. 그렇다! 그는 늘 밝게 웃고 있었지만, 그 웃음을 얻기까지 홀로 처절한 싸움을 벌이며, 내면의 성찰과 절대자 하나님을 의지하는 발버둥을 치고 있었던 것이다. 그래서 그의 웃음과 그의 말들은 언제나 진심의 힘이 묻어났던 것이다.

　　이 시집 『그리움, 가슴에 머물다』가 바로 그 싸움의 현장 생중계 방송과 같다. 국가대표선수의 메달 뒤엔 언제나 선수촌의 피눈물 현장이 소개되듯, 이 책에는 저자의 매일매일 아름다운 삶이 어떻게 빚어지고 있는지를 독자들에게 여과 없이 소개하고 있다. 그러기에 이 책은 한 자 한 자 버릴 수 없을 만큼 고귀하다. 독자들께서도 책을 읽어 내려가다 보면 성성모 작가가 힘들여 빚어낸 인생 진주 보화를 함께 소유하게 될 것이다.

서울수정교회
담임목사 **김정명**

오랜 벗의 시집 발간을 축하하며

제22대 밀양·의령·함안·창녕 국회의원 박상웅입니다.

'나의 친구' 성성모의 제3시집 『그리움, 가슴에 머물다』
발간을 진심으로 축하드립니다.

성성모 시인과 저는 1986년부터 40년 가까이 '지기知己'
라고 할 만큼 서로의 삶에 깊이 스며들어 있습니다. 오랜
친구의 신작 시집 발간은 제 일처럼 너무나도 기쁩니다.

시인 성성모는 언제나 해학과 위트로 장애를 극복하고,
그동안 인간미 넘치는 삶을 살아왔습니다. 그의 시詩는 때
로는 우리를 웃게 하고, 때로는 가슴을 따뜻하게 만듭니다.
도저히 사랑하지 않을 수 없는 소중하고 빛나는 저의 친구
입니다.

『인생이 아프다』와 『그래도 살아야지』에 이어 이번 시집
에서도 성성모 시인만의 아픔과 희망, 삶의 깊이와 감동을
느껴보시기 바랍니다.

성성모 시인의 신작 시집 발간을 진심으로 축하드리며, 이 책이 많은 이들에게 사랑받기를 기대합니다. 또한, 앞으로도 그의 풍부한 창작 활동을 응원합니다.

감사합니다.

국회의원 **박상웅**

시집 발간을 축하하며

안녕하세요.

『따뜻한 동행, 변화하는 구로』를 실현하는 데 최선의 노력을 다하는 구로구청장 문헌일입니다.

베스트셀러 『인생이 아프다』, 『그래도 살아야지』 이어 『그리움, 가슴에 머물다』의 발간을 반갑고 기쁜 마음으로 축하합니다.

지속적으로 시詩와 함께하며, 문학적 삶을 이어가는 감성적인 표현적 인생은, 고통과 고단함을 승화시켜가는 긍정적 사고로서 삶의 에너지를 충전해가는 아름다운 여정이라고 생각합니다.

많은 사람이 이러한 성성모 시인 모습과 詩를 보고·듣고·읽고·느낌으로 사람 사는 세상의 감동과 공감으로 울림의 세상을 형성해 간다는 것은, 지쳐가는 현대인에게 위안과 휴식의 공간이 될 것으로 기대합니다.

3집 『그리움, 가슴에 머물다』는 세월에서 묻어나오는 인생 여정을 승화적인 삶의 가치로써 사실 그대로, 과감하게 다가오는 느낌을 대담하게 표현함으로써, 세월 속에 흐르는 나약함과 고단함을 극복해가는 강인한 세월 여정을 독자들과 함께 공유해 나가기를 기원합니다.

다시 한번 제3시집 발간을 진심으로 축하합니다. 감사합니다.

구로구청장 **문헌일**

담담히 풀어낸 인생 이야기

안녕하십니까,
'시민과 함께, 자유로운 혁신도시 안산'을 열어가는 안산시장 이민근입니다.

먼저, 성성모 제3시집 『그리움, 가슴에 머물다』 발간을 진심으로 축하드리며, 이번 노작을 출간하며 우리나라 문학계에 새로운 획을 그어주신 성성모 시인님께 깊은 감사의 말씀을 드립니다.

시집의 구절마다 배인 삶을 향한 긍정의 의지와 섬세한 시 언어로 담담히 풀어낸 인생 이야기는 동시대를 살아가는 독자들에게 포근한 위로가 되고, 힘내서 살아갈 수 있는 큰 용기가 되어주고 있습니다.

'시는 살아가는 법을 가르친다'라는 옛 격언을 떠올려 봅니다.

같은 의미에서, 일상의 한 조각조차 희망으로 사유하는
성성모 시인님의 詩들이 그간 수많은 독자의 사랑과 공감
을 받아올 수 있던 이유일 겁니다.

　　성성모 시인님께서는 앞으로도 꾸준한 작품활동을 통해
더 많은 사람에게 좋은 기운과 희망을 안겨주시길 바라며,
향후 소단騷壇의 미래를 밝히는 大詩人이 되시기를 진심으
로 기대합니다.

　　이번 제3집 출간을 거듭 축하드립니다.
　　감사합니다.

안산시장 이민근

차례

제1부 봄에는… (이랬습니다)

제2부 여름에는… (이랬습니다)

제3부 가을에는… (이랬습니다)

제4부 겨울에는… (이랬습니다)

제1부

봄에는…

(이랬습니다)

그리움을 지우기엔

떠난 그 임은
그리워하라 한 적은 없어도
떠나버린 자체가 그리움이니

하늘이 주는 세월로
당신의 추억을 씻어내려 합니다
그러면
어느 정도 잊어가는지요

너무 각인되어버린
당신의 흔적은
혼魂이 되어 살아있는 동안
지우기엔

오늘도
흐르는 세월만큼
다가오는 그리움은
더욱 가까이에 있습니다

자꾸만
나의 가슴이
무너지고 쓸리어 가는 모습에
당신은 강하게 남아있습니다

오늘도
이 순간도
보고픔에 초점 잃은 표정은
미치도록 함께하고픈 당신當身 때문입니다.

2003. 3. 7.

마음이 식으면

그대를 추억 속에 갖다 놓고
느끼지도 못한 채
열기가 급랭스럽게 식어 가면
하루하루 이별하고
어제도 오늘도 이별하면
알지 못한 채 떠나가고 있다

늘 간직해야 할 기억도
서서히 잊혀 가며
남아있던 찐한 정情도 희미해져 간다
망각으로 서로를 잃어 가면
미칠 것 같은 보고픔도, 함께하고 싶음도
마음에서 식어간다

기약도 없이 그대로
미련마저….

2020. 5. 22.

봄날에 춘몽春夢

그런 날이 있었는데
서광瑞光이 광명光明으로 내리쬐는

반딧불이 비춘 세상에
따스한 일상, 온기 있는 삶

여유로움으로
당신이 그리워지는 지금

바람은 지나가는 거라고 하는데
이리도 모질까

한방에 빼앗기고 말았으니
열린 마음 닫고 외톨이 시작인가.

2022. 5. 6.

봄이 주는 짜릿한 감정

야~ 떠나보자
노처녀 감성이
눈가에 달아 붙은 봄

봄 길 따라 봄 따려
지금까지 해결되지 않던
그녀 소식도

늘 답답하고 숨차 오르던 틈바구니로
신선한 봄이 흐르며
그녀가 찾아 든다

먹먹하던 나날이 핵폭발로
봄 향기 스며들며
그녀가 들어오니

죽어있던 침묵이
생기로 의욕적으로 열리며
봄이 오니 그녀도 왔다

이번 봄은
진정한 그대가 오는가
홀로된 외톨이로 괴로워하지 않기를

그렇게도 그려왔던
온기 있는 포근한 봄이라면
되지 않을까!

2023. 3. 2.

봄의 햇살은

봄 길에 핀 매화는
당신當身의 자태姿態이기에
넋 놓은 나에게

세월은 지쳐 멈춰서고
진한 주름진 늙음이
덩달아 잠시 멈추면
지난 청춘靑春을 되살아내는 성형成形인가

봄기운이 내게서
주름진 표정을 펴는
요술妖術 부리면

세상은
마음을 얻으려고
따스한 봄날의 햇살로
아량雅量 떤다.

2023. 3. 3.

봄비에 젖으며

조용히,
말없이 그냥 가거라
작별도, 안녕도 없이
늘 그랬던 것처럼
너의 길을 미련 없이

홀로 울어야 했던
공허한 메마른 가슴에
홀로된 그 외로움을
봄비가 씻기어 갈 때까지
봄비 맞으며 가리라

없던 새싹이 새 생명으로 타오르는데
떠나있던 나의 길이
위안慰安받으며
내리는 봄비에 안기어 몸부림친다
찾아드는 자연 호흡에
힘을 얻어 홀로 괴로워하던
나를 위로慰勞한다.

2023. 3. 8.

봄 향기 힘으로

세상으로 잠적한
못난 나에게
봄에서
당신을 찾습니다
봄이
당신當身이고 향기香氣입니다
아지랑이 오르는
향긋한 봄 향기는
임을 만나
살아있는 나를 봅니다
지금까지 인내忍耐하며
겨우살이 한 이유를
당신에게서 느껴옵니다.

2023. 3. 16.

항암 후유증을 견디어내는 어느 새벽에

저리도 서둘러 피는 꽃은
뭘~, 받아들이고 싶어서인가

세상으로 접어든 너는
죽음을 시작한다는
처절한 이치理致를 아는지 모르는지

당장의 세상 놀이에 취해
그 누구도 감내하지 못할
다가올 잠 못 이룰 나날을 보내며 후회될
내일의 의미를 경험하지 못한 채

고요하다 못해 침묵을 강요당하는
새벽녘에
항암 후유증으로 잠 못 이루며
이 세상 모든 이에게 설명한들 이해하지 못할
두려움을 견디어가는

홀로 남아 겪는 나를 한탄하며
당신에게 긴급요청으로 흔적을 남기니
당신을 본다, 그러니 내가 보인다

공포 속에 하나님을 부르며
눈물조차 메마른 외진 세상 구석에
달랑 나만 남아있다.

2023. 3. 18.

거울이 나를 본다

살아오면서
내가 나를 생각하고 있는 것과
너무나 다른
받아들이기에 힘든 나를
거울 앞에 선 나 자신은
너는 누구~?
타인~?
부정하고 싶은 참담한 몰골

지나가던 사람들이
빤히 쳐다보거나
지나가다 다시 돌아보는
심지어 따라오면서 비웃거나
E.T.인양
나를 위아래로 스캔까지 하는

어느 날, 내 생각은 변했고
진짜인 나를 보게 된다
시야가 변하니

내 모습이 변해있었다
느낌이 달라졌다!

늘 난감했던 내 모습이

고통에서 뿜어 나오던 원망은
그래도 이 모습으로 존재한다는
감사하는 마음이
내가 나를 보는 시각視角이 성형成形되어가는

창피로 기죽던 왜소함에서
어느 날부터인가
마주친 행인들이 내가 멋져서
다시 한번 빤히 쳐다본다는
뿌듯한 자존감이
거울 앞에 당당히 서게 한다.

2023. 3. 24.

아니 벚꽃이…

봄꽃으로 한 주가 시작한다
꽃을 피우기에 봄이 오는 것인지
봄이 오기에 꽃이 피는지 알 수 없지만

나는 봄이 슬프다

봄이 까닭 없이 슬픈 것은
메마른 세상에
벚꽃이 핀 거리에는
벌써 벚꽃 눈비가 휘날리고 있다

헤어짐이다

봄비가 한바탕 내렸으면…
속내를 삼키며
꽃의 뒤에 숨어야만 하는
위선들을 씻기어내야 한다

봄은 나를 받아내기엔 작다는 것을
그녀 품 안에 갇힌 봄은
이미 나의 곁을 떠난
나의 봄이 아니었다.

2023. 4. 2.

홀로 가는 봄 길에

오늘은
봄 길 따라 걷는 모습이
허전 속에 쓸쓸하기만
동행 없는 홀로된 봄을 거닐다 보면
서러움이 피어오른다

지금은 떠난 빈자리지만
나만이 혼자 남아
거닐고 있는 봄 길 따라
한恨 서린 꽃들이 피어오른다

봄꽃은 어느 날 지고 말지만
누굴 보고 싶어서
누굴 만나려고
그리움으로 피어오르는가!

2023. 4. 22.

오늘도 흔적 없이 사라져가지만

오늘날까지
살아온 흔적을 돌아보면
기억은 희미하고 자취는 사라질 뿐
참으로 허망하고 허무함이
갈 길을 의미 없이 가로막는다

앞길에 놓인 시간마저 자신 없이
찾아드는 막막함은
고개 들어 하늘에 하소연하니
비웃음으로 들리어온다

인생의 깊이는 어디까지인지
내겐 알 수 없지만
오늘도 가는 길에
오늘이 어제 되어 버리면
흔적은 남는지 궁금해지는
오늘이다

길지 않은 인생길에
흔적 없이 사라지는 오늘이지만
분명한 것은 그 속에 내가 있다는 사실에
족足함을 알고 오늘을 보낸다.

2023. 4. 29.

반전 없이 늙어 가매

세월이
소리 없이 늙어 가매
보이는 것들은 안쓰럽고
느껴오는 것이 슬픈 것은

내게 잘못이 없는데도
온통 세상 것들이
외면하고 허전하니 쓸쓸하고
이 세상의 모든 것이 헛된 것은

소리 없이 밀리어 오는
공허한 인생살이
기필코 오고 마는 내일 그리고 죽음
우리네 삶의 현실이다

어쩔 수 없는 무기력한 삶
답답하고 나약한 오늘의 '나'이다
나의 애착으로
반전反轉 없는 내가 슬프다.

2024. 3. 7.

짙은 흐린 하늘

짜증 난 듯이, 화난 것이
심술 가득한 못된 화풀이 하려나
하늘 눈치 보며 잔뜩 겁먹은
하늘 아래 살아가는 보통사람들

가는 길에 짙게 흐린 하늘을 접하면
풀릴 길 없어 화나 있고 슬퍼하고
짜증 나 있는 나를 대변하는지
화풀이로 비 내리면
사람들은 우산으로 가리면 그만이지만

초조하고 불안하고 우울하고 쓸쓸한 무기력함
잠조차 들 수 없는 요즘의 삶
각종各種 잡생각은 더욱 불면을 가중해간다

하늘도 지친 삶으로 인상을 쓰고 있기에…
그러다가 눈물 나면
우산 대신 수건으로 감당해야 한다

삶에 대한 역부족이다
허약한 나의 두려움이
공감共感 주는 저 하늘에 내 맘이 표현되면
그것으로 위안慰安을 삼는다.

2024. 3. 25.

신앙信仰도 내게는 무용지물인가

우리가 살고 있는 세상은
차고 넘치는 종교홍수 속에 살고 있다

이치理致는 그럴듯하지만
신神이 떠난 신앙원리信仰原理는 거짓으로 물들어가고

그곳은 이미 사랑이 천연기념물로 변했고
신앙을 핑계 삼는 자기중심의 욕심과 자기 자신만 있는
미움, 시기 질투, 차별, 증오, 비웃음, 위선이 판을 친다

그 한가운데 서 있는 나를 발견하니
신앙信仰이 무용지물無用之物로 다가온다

홀로 남아 괴로워하며 슬퍼하는 나를
우리 하나님께서는 구경만 할 것인가!
세상에서 지쳐가는 나를 신神조차 버린 것일까?

그러면, 어디에다 하소연하며 의지하리···
무기력으로 인생人生의 한계限界 속에
답답함만 더해간다

탈출구는 내게 없는가!
희망도 없고 가능성도 전혀 없는
여기까지인가!

더 이상 힘들어서
견디어내기가 벅차다
이제는 기다림의 끝인가!

신神이여~, 잡아주옵소서.

2024. 3. 27.

봄나들이

기다리지 않아도 오고 싶을 때 오는 봄
기다리는 그대는 오질 않고

눈부신 화사한 봄 거리는
활짝 핀 꽃들로 홀리지만

세상에 눈치받으며
모든 것에 홀대하니

지쳐가는 봄 거리에
외투 벗고 신나라 하는

그들은 누구이며
어디서 왔는지 부럽다

나는 외톨이로
세상 놀이는 사치인가

다양한 꽃들이 자유를 누리는
만개한 꽃밭에

어울리지 못하고 눈치 보는
기죽어가는 인생살이

봄 거리에 수놓은
꽃들도 눈치 보는구나

남을 이해하는 당신當身이 있기에
존재하는 이유다.

2024. 4. 5.

봄을 넋 놓아 부르면

서러운 이야기 피는 가슴에
생명 실은 봄 향기 노래가 피어오르고

눈동자에 울긋불긋 아름다운 꽃들로 가득 차오면
나는 넋 놓는 노래로 토해내리

하늘 바라보며 나를 던지며
봄 천하 들판에 꽃들로 피어나리라

꽃길을 만들어 가며
여심女心을 이해하는 나의 꽃길로 가련다.

2024. 4. 12.

근심 걱정 없는 내일이 오기를

시작과 동시에 슬픈 예감,
그 느낌은 인생에서 분신처럼 동반했다
본능으로 내일을 걱정하는 서글픈 예감은
치명적으로 현실로 다가왔다

아니라고 몸부림쳐보지만
운명적으로 받아들이며,
상실감을 조금이라도 적게
이겨내려고
보이지 않는 신神께 기도하게 된다

한계를 도전하고 또 극복하며
살아가고 있는 오늘이다
오늘을 이겨내고 싶다!
내일을 마음 편히 맞이할 수 있게….

2024. 4. 14.

오늘은 유난히 내가 보인다

오늘따라 지금까지 살아온
나의 처지들이 유난히도 스쳐 간다

준비하지 못하고 그냥 보내야만 했던
눈가로 외면만 당한 초라한 모습들이 스며든다

아무 의미 없이 볼품없는 것들이…
지금의 내가 가지고 있는 처지, 모습, 현실이라는 것이…

절로 고개가 숙어진다
참담할 뿐이다 쓸쓸한 일생—生이

우연히 만난 인연들 그리고 그들
이리도 연상되어 가는지
삶을 소중히 하라는 가르침이라~.

2024. 4. 17.

지금~, 경험하는 내 삶의 감사

심정이 지쳐가며
심신의 고단이 더해가는
신神을 잃은 거친 세상에

벌판에 나 홀로 핀 꽃은
외로이 가며
눈물로 모든 것을 견뎌내야 한다

그래도 생명 얻어 벅찬 세상 놀이에
이 모든 것을 경험할 수 있는 복 받음은
감사 속에 세상의 즐김을 안다

세상 속에 지켜내는
그 힘의 원천이
나를 지켜주고 이겨내는 근원이라.

2024. 4. 29.

폭포수

두려움 없는 주저 없이
운명적이기에 숙명의 비명을 지르며
한恨 많던 몸을 던지니
세상에 그동안 참았던 눈물을
거친 호흡으로 쭈르륵 쏟아낸다

멍들어가는 아픔보다
세상의 인연이 더 아팠기에
동행 없는 나만의 눈물 줄기는
어느 누구에게도 동정 없이
기다림 끝에 사라져갈 뿐이다.

2024. 5. 11.

제2부

여름에는…
(이랬습니다)

창공~, 날고 싶다

한껏,
창공蒼空 나는 도요새는
높음으로 자부심을
희열로 느끼지만

땅에,
가장 낮은 나는
뭇사람들에 치여
고통苦痛으로 남긴 채

거인巨人으로 가려진
창공은
도요새로 되고자 하는
소망所望을 앗아가 버린다

도저히 희망希望은 없는가!

2003. 8. 7.

메아리

온통 들리는 긴 장마 빗줄기
마음의 소리가 울린다
지쳐가는 나에게
잠 못 이루는 세상이라지만
힘들어하지 마
힘들수록 이겨내야지
바보야~, 나약하지 마
어느 날
나를 곰곰이 생각하면
누구지?
기억의 무게
성찰의 시간이 필요할
시기인 듯
메아리도 입 다문 고요함이다.

2021. 8. 12.

인생이 나에게 스며들게

나의 인생을 믿고 싶다

인생을 만들어 가는데
그 의미를 두고
그 즐거움에 '좋아라' 행복해진다

그 이유를 아무리 알려고 해도 방법이 없나니
인생을 빚어가는 즐거움은 나를 향한
결실이고 흔적의 고통임을 되돌아보는 나의 것

인생의 정신적 지주가 되어보고
아픈 인생도 힘차게 끌어가다 보면
인생人生 속에 또 하나의 인생人生이 있다는

나도 모르는 내 안에 있을 인생을
얼마 남지 않은 인생 길이를 최대한 길게 잡아
못다 한 나의 모습의 완성품完成品으로

이승에 온 보람을 다해보자.

2022. 7. 25.

여름비가 한바탕 내리는 것은

이날 오후
여름 보내는 요란한 비가
옷자락 적시며 붙잡아 달라고
애원하는 가슴 속 이야기
달달한 세월 경험하고 싶어
세상 미련 남아 좀 더 있었으면
떠나기 싫다고

그때는
차마 할 수 없었던
못다 한 모든 것
너마저 떠나면 세월에 남겨진 나는
좋기만 하지 않은 세월에
흐르는 세상에서 낙오될까 봐
거침없이 내리던 비도 눈치를 보기 시작한다

잠잠해지는 위로 품고
마음 달래는 안정으로
여름 끝자락에서 가을초임 사이에 선 나는

가을 부르는 인생으로 들어가
불안초조 낙오에서 벗어나는
가을로 올라타는 힘으로
비 온 뒤의 세상은 특별했으면…

'가을 세상 좋게!'

2022. 8. 28.

가을이 시작하면 나는

새털구름 휘어 감는
진파랑 높은 하늘 속으로
바람이 솔솔 불며 산들거리는 꽃 꼬심에
호랑나비 참지 못하고 훅~ 달라붙는다

가쁜 호흡으로 마음껏 속삭이면
가을의 노예로
아름다운 경지는 도도함으로 하늘을 찌른다

가을 양떼구름, 가을 하늬바람, 가을 들꽃 신선한 경험은
넋 놓은 호랑나비의 흥분으로
두근두근 세상 만들어 가는 인생길
완성할 짝을 찾는다

인생길 악천후 속에
내리 비춰는 길잡이 등대가 되고 싶은
겨울이 오기 전에….

2022. 8. 31.

달리는 창밖 세상은

기차 밖 창가는
어디론가 열심히
아쉬운 느낌으로 미련만 남긴다

내가 달려가면 도망가고
네가 들이닥치면 피해가고
애꿎은 운명이구나

우연을 가장한 인연은
무심코 왔다가 휑하니 가버린
후회 없는…

늘 바라기만 했던 나
줄 줄 모르고 떠나는 너
확 돌아서 가는
바깥세상은 야속함뿐이다

바깥매력에 끌려만 가는데
창밖에는 만남 없이 미련 없이
이별만 이뤄지고
창窓 안엔 상처만 쌓여가네.

2023. 6. 3.

인생에서 이룰 수 없는 꿈을 내려놓으니

어느 날인가
일상日常이 평범平凡해져 간다

스트레스받으며 안절부절로
그동안 복잡다단하게 꿈꿔왔던
그 꿈들이 꿈같이 녹아내리며

기억 속에 사라지고
마음은 편안해진다

달고 살며
노심초사勞心焦思로 애걸복걸哀乞伏乞로
이뤄갈 수 없는 꿈을 달고 살던
어리석게 살아왔던 나날들

그날을 후회할 수는 없지만
다시 온다면 인생에
달고 살지는 않으리

오늘을
단지, 일상日常에서 일상日常으로
내일을 생각하며….

2023. 6. 6.

세상은 세월 요술에 속다

세상은 세월이라는 요술로
현란하게 속이는 세상 놀이

잊히고 사라지는
제멋대로의 세월 심술에

어리석게 그곳에 있는
인간들은 잘도 맞장구친다

신난 세월은
궤도에 벗어나려는 객기로

산들바람으로 현혹하니
세상사의 아픔을 더 한다

떠나가는 세월 변화에
이탈하고 싶어

아파하는 마음을 마음 깊이 실어
잔잔하게 몸부림쳐본다.

2023. 6. 13.

노을 슬픔

햇살이 내려앉는
하늘을
노을이 찬란히 그려놓는
그림에
예쁘다는 착각으로

하늘은
사라짐의 이별이라는
붉은 노을이 숨어놓는
눈물을
알지 못한 채

너는
다시 못 올 곳으로
사라져가는
슬픔을 외면한다.

2023. 6. 13~14.

내게 먼 곳은

남쪽에 있다는
비금도*가 궁금해진다
지도를 들여다본다

신비로움이 다가오는
우주의 한 공간
그곳에 무엇으로 가리

내게서 멀리 있는
그곳으로 탐험가 되어
떠나고 싶다

누구랑~?
만날 그 사람이면 좋고 아니면…
그대 품은 나의 맘을 족함으로

내게 먼 곳은 어디일까?
그대의 품 안일까?
나의 마음일까?

멀리 있던 내일이
오늘이라니
헷갈리는 세상 놀이라네.

* 비금도 : 전남 신안군에 있는 섬

2023. 6. 21.

아량 없이 속절없는 비는

비가 내리는 초여름 새벽녘
그 빗소리에 잠을 못 이루는 밤
급하게 다가오는 여름을
진정시키며 잠시~, 쉬어가라고…

창작되어 오늘을 맞는
우리네 사람들
인생 속 창작되어가는 이 순간에도
참으로 바보처럼 살아가고 있으니

하루가 열흘 되어가고
열흘이 열 달 되어 가면
떠나있던 그리움이 빗줄기 속으로 깊어지고
이슬 맺힌 진한 안개 속으로
갈길 잃어 방황하는 아침 녘

방향 잃은 아침 비는
어찌할 수 없는
나의 길을 가로막으며 한풀이로

나약한 나를 더욱 난처하게

하늘에서 내리는 비도
세상에서 소외된
약자弱者를 찾아 자비 없이 잔인하게
어디 가서 하소연하리~

마음을 속이는
얄궂은 비는 그 마음에도 내린다
속절없이….

2023. 6. 23.

내 인생의 남은 사랑이 궁금해진다

내 나이 육순 중반에 있어도
사랑하고 싶다
설렘 품고 사랑이 있을 거라는
순간도, 사랑하는 마음은 유효한가!

내게도 사랑이…
내 일생에 얼마 남지 않은
사랑이 궁금해지는 것은
아직도 남아있을 거라는 믿음으로
설렘을 가슴에 달고 살기 때문

불어오는 사랑이 이유 없이 불타올라
이루지 못한 첫사랑을 되새기며
색 바랜 추억으로 보내야 하는 나날들
사랑은 피어오르지 못하고
사랑을 찾지 못해 가슴에 묻어두어야 했던

사랑을 이루지 못하고 설렘만 달고 사는 비극적 삶
그때보단 식었지만
아직도 거리의 숙녀를 보면
푸르름의 청춘이련가
달려가고 싶어지는 이 마음은…
사랑하고 싶은 본능本能의 단면斷面인가.

2023. 7. 12.

너도 혼자라고~?

시들대로 시든 노모老母
아프다고 잠 못 이루는 노모 누운 침대 옆에
혼자뿐인 나
오 남매는 있어도 소용없고
장가들지 못했으니 처자식도 물론
나뿐인 세상에

새벽 한 시 창가로 들어오는 달님에게
너도 이 세상에 혼자라지~?

유난히도 환하게 비추는 달빛이
홀로 있는 나에게
되레 외로움을 하소연한다
부디 외면치 말고 알아달라고
너 마음이 내 마음이다

누운 엄마 옆에서
뼛속 깊이 파고드는
없던 눈물이 눈가에

솔로라서 외롭다고
달님은 나에게 하소연할 수 있다지만
나는 누구에게….

(공무원문학상 당선작)
2023년 7. 15.

나의 업보

세상에 태어나
평생 이 모양 이 꼴로 살아온다
단, 한 번이라도 좋은 꼴이 없는 이생이다
인생이 다들 그렇다고 한다지만
해도 해도 너무하다
이 심정을 표현할 언어는 아직 세상에 없나니

모든 것이 갈라져 떠나있는
컴컴한 어둠 속에
그렇게 많던 세상 사람은 다 어디 가고
미친 듯이 두리번거려도
뚝, 떨어진 무인도에 남아
가슴이 텅 빈 이 넓은 허허벌판에
나만 남아있는 두려움의 공포가
눈에는 눈물 없이 가슴에 한없이 흐르고
마음에는 공허함만 채워져 간다

무상한, 무심한 인생살이
모두가 나를 외면하고 버린
방향 잃은 이 순간!
유일한 위안처, 성경 말씀을 읽어보지만
지금만은 소용없나니…
찰싹 들러붙어 몸부림쳐지는
이 육신과 마음을 붙들고
모두가 잠든 고요한 침묵이 흐르는
내 옆에 아흔여섯의 어머님뿐이다.

2023. 7. 20.

여름에 나른한 인생

인생은
오늘이 있기에 내일이 있는 것인가
내일이 오기에 오늘이 있는 것인가

신비스러우면서도 이해할 수 없으니
무슨 장난 같기도 하고
너의 정체가 뭔가?

인생의 노예 되어
벗어나지 못하고
이러다가 의미 없는 한평생 보내야 하는지

나른한 인생살이 오후에
어슬렁대며 보내는 오늘
그 대가代價는 참담한 결과로

인생살이는 웃거나 울거나
공존하는 삶이라는데
나에게 오는 인생은 고통뿐이니…

그렇다고, 멈추고 포기할 수 없는 지친 인생을
피로회복제 마시며
하늘 신神께 간절한 기도로 하소연해 본다.

2023. 7. 26.

누구나 단 하나뿐인 인생이라는데…

세월의 번뇌로 살면서
나에게만 유독 가혹한
수없이 찾아들어 아파했던

아파하는 것을 감당하면서도
다시는 다가오지 않기를
어리석게도 그 느낌을 경험하고 싶지 않아

나에게 인생은
모래성 같은 허술하고 미약한
이것이 싫어서

돌아볼 필요 없는 세월이라지만
세월은 빠르건만
아픈 세월은 더디게만 가고

인생에서
세월을 찾으니
아픔은 깊어만 간다

걸리적거리는 인생길
망설임 없이 다가오고 지나가는 인생을

그렇게 개성적으로 아름답게 핀
그 수많은 꽃 천지 세상에
너의 추함은 뭔가~~!

2023. 7. 28.

둘 곳 없는 내 맘

그 많은 사람은
다 어디로 떠났는가

왜~, 나만 공허한 벌판에
홀로 견디어내야 하는지

지구地球가 무인도無人島인가
세상이 어떻게 되어 가는지

외로이 고독스럽게
차지게 버려져 간다

아득한 벌판에 툭~ 내던져 버려진 마음
나도 버려야 하는지.

2023. 7. 29.

오늘따라 장애 몰골이 찐하게 드리운다

길을 가다 창문에 비친
외계인 하나
내가 봐도 당황스러울 정도로
민망스러운 흉한 모습이다

오늘따라 더 강하게
자화상으로
추한 모습이 각인되어 눈으로 들어온다
내가 생각해오던 내 모습이
괴리되어 있는 현실에서
어쩌다가 볼 수 없단 말인가

그러니 타인들이 볼 때
오죽하겠는가
보는 눈동자가 휘둥그레지고
표정은 동물원 원숭이 바라보는
신기함의 호기심 속 비웃음이…

성형된다고 흉한 몰골이 사라질 리 없고
감춘다고 감출 수 없는 참담한 육신

그렇다고 버릴 수도 없는
이 세상을 다하는 날까지
평생 품고 동행할 수밖에
딱한, 나의 모습의 현실

지운다고 지울 수 없는
이 세상 이사 가는 날
사라져가야
나와 육신과 이별할 수 있으니
영원히 기억될 찬밥 덩어리
무거운 짐

그렇다고 살아있는 동안
버릴 수 없잖아
참담하지만 자신감 품고
모르는 척, 아닌 것처럼
거만하게 고개 들고
낮 두껍게 달고 동행할밖에….

2023. 8. 1.

꽃을 바라보다가

세상의 꽃들은
이렇게 처절하게 아름다움을 드러내다가
자신은 스스로 시들어가는 줄 알기에
눈이 부시고 마음을 끌어도
만물들을 용서하면서
시들어가는 기다림으로
바라보는 여유를 누린다

자부심自負心과 오만傲慢 사이로
곡예曲藝 하면서
세상의 이치를 통달하는
기막힌 세상 놀이는
만개한 꽃잎으로
세상을 빨아들인다

본심本心을 잃어 방황하다
의지하려는 나약함으로
넋 잃은 그들에게
품고 싶어 하는 나는
꽃의 자태를 보는 이의
애간장을 태운다.

2023. 8. 15.

제3부

가을에는…
(이랬습니다)

가을이 스며들다

가을이 흐르는
그 속으로 속삭임이 흐른다
그녀의 그리움인가

들녘에는 아리따운 청순한 꽃들이
몸부림치다, 늙어간다
그리움 대상을 찾지 못함인가

가을의 향기香氣가 흐르니…
시詩가 부른다~
가을 속은 이리도 여유로움으로 아름다울까

미칠 정도로
가을이,
행위예술을 하는가.

2022. 9. 24.

빗소리에

귓가를 때리는 맑고 밝은
고운 물소리인가 빗소리인가
빨려들기만

내 님은 어디에
내 님이 노크하듯이
나의 속에 있는 나만 모른 체

이미 이룬 이별의 아픔
씻기어 가듯이
나의 일상日常에서 사라진 당신當身

몸부림칠 흔적도 없이
야속하다
아~ 가을비….

2022. 10. 9.

허전함 속으로 그녀 향기가 젖어 들면

이 가을에
어느 곳인가 그녀도 살고 있을
그녀의 향기가 스멀스멀 젖어 드는데
물 익어 가는 깊은 가을로
찐하게 파고드는 잊고 살았던 그리움 '넋'

매몰차게 안녕이란 말 없이 떠나건만
분명, 그녀도 그리워하고 있겠지
그대가 머무는 그 자리에
완성되지 않은 이별로
쓸쓸히 후회하려나

심장을 천둥 치며 전류 흐르게 했던
현실적 같지 않던 시절은
한방에 사라지고
장미꽃은 이미 지고 말았다는
그곳만 바라보다 그늘을 걷는 싸늘한 느낌은….

2022. 10. 29.

로맨스 없이 떠난 그 처녀,
아줌마 되었다는…

그해 가을,
나는

그 처녀와 걷는 첫 데이트 시간
그 길을 걷는
첫맛의 사랑을 경험하면서
그 길을 포옹하듯이 짜릿함으로 미소 지었다

그때까지는 이 세상을 다 얻은 듯이
사랑의 의미를 날마다 새기며
세상 살맛이 내 것인 양
자신감이 넘쳐나고 있었다

그 어느 날인가
이별 없이 떠나 소식 없던
그 처녀, 아줌마 되었다는…
너머너머에 들려온다

로맨스 없이 떠난 그 처녀
어느 이에게 로맨스를 느꼈는지
그 사랑의 맛을
그곳에서 결실을 얻었을까?

궁금하지도 보고 싶지도 않지만
묘한 감정으로 한 번쯤은 묻고 싶다
왜~? 말없이 떠났냐고
뻔한 답이 돌아와 가슴을 치겠지.

2023. 9. 2.

가을바람이 웃게 하네

무더위에 지친 늦여름 사이로
소리 없이 스쳐오는 바람결이
나를 휘어 감는다

짜릿한 생동으로
"너~, 가을이구나"

더위에 오질 않을 것 같던
가을은 배신 없이
곁으로 찾아와 흔적을 남기고

안도하는 여유로 시야를 넓혀보니
창문 너머 꽃밭에는 이미 코스모스가 흔들어댄다

가을바람은 이쁨을 달고
꽃들이 맘대로 바라볼 수 있게
높은 청명 하늘을 그려놓는다

가을 문턱은 풍요로움의 기대로
빈 주머니가 가득해짐을 생각하니
오는 가을이 절로 미소를 머금게 한다

수려한 하늘향기
가을이 이쁘게 오는구나.

(공무원문학상 당선작)
2023. 9. 4.

가는 세월이 주는 슬픔이 머물면…

세월이 정처 없이 가버린
지나간 이날 그날들
기억조차 없는 많은 나날
특별함이 전혀 없었던 공허한 빈 흔적

애써 외면해보지만 다가온 것은
주름진 늙은 육신만 남기고 떠나갈 뿐
남겨주고 간 세월은
너무 초라한 현존하는 모습

슬퍼하며 몸부림친들
세상은 누구도 관심 둘 여유가 없나니
세월 속에 세상사는 그 누구도
반항하다가 이겨낼 수 없다는…

신神의 섭리攝理에 거역할 수 없는 그 한계限界를
기도로서 순응할 수밖에
나만이라도 세월을 이겨내려
아부 떨며 기도하는 소리가

신神께는 먹통일 뿐
내 마음에만 메아리치며
한恨풀이는 빈자리에 남아 맴돌고
오늘도 싸늘한 세월에 기대어 어쩔 수 없이 간다.

2023. 9. 12.

비 내리는 가을밤에 외로움이
내리는 것은

비 오는 초가을 밤
유난히 긴 진한 밤에 빗소리 들리면
싸늘히 적막寂寞이
세상 벌판에 혼자 남아있는
외로움의 공포가 밀려든다

복받친 마음에
침묵沈黙을 강요당하니
눈에 눈물이 고여 흐른다
만물萬物이 소식을 끊는 듯이
이별 없이 떠나 사라졌다

누가 전화라도 해줬으면…
전화기 들어 전화 온 흔적을 살핀다
전화기는 청소한 듯이 깨끗하다
전화를 걸어야지
그러나 소심小心으로 전화할 곳을 상실해간다

매일 밤 이맘때면 늘 전화 주던
그녀는 나를 잊고
다른 이와 통화하며 웃음 짓고 있겠지
통화 소리 듣고 싶어 창문을 열어
가을밤 바깥세상에 귀를 기울이니
'툭 톡' 서러운 빗소리만 들리고
이 비는 눈물 되어 외로이 촉촉이 젖어간다.

2023. 9. 15.

마음이 흐르면

세월이 흘러도 잊지 못하던
그날의 서러운 아픔을
마음이 흐르면 잊어지나요

마음을 내려놓으니
잊어가는 줄도 모르게
잊어가는 것은

세월 탓하며 잊지 못해
방황한 그 날들이
잊지 않으려고 애쓰는데도

고통 없이 잊혀 가는 것은
마음의 내려놓음이
이다지도 독毒할 줄이야.

2023. 9. 16.

간사한 날씨 간사한 마음

몸부림치며 내리 찌던 여름도
모든 것을 씻기어 갈 듯한 폭우도
영글어가는 가을에 맥 못 추며 밀려나는 것은
이는, 신神의 조화造化이다
가을은 높다란 청명한 하늘을 선보이더니
가을비로 소식을 전하기도 한다

가을비로 가을을 토해내면
아침저녁으로 이불 덮고 창문을 닫는다
여름을 달래주던 에어컨, 선풍기는
서늘함으로 귀찮은 존재로 전락轉落하고
간사한 날씨가 인간人間의 본능本能을 자극하니
인간도 간사奸詐해진다.

2023. 9. 18.

시골에 핀 향기로운 가을

나만이 가는 이 길도
가을은 들길로 스며들며
산야山野로 산들바람이 넌지시 차지하고

가을이 향기 뿌리는 논밭 따라
들꽃 품은 들녘 길
그 많던 문명文明 손길이 멈춘
오솔길 따라 걷는 자연을 담은 시골길

그날의 봄은 개나리 꽃길
일사불란하게 피어올랐던 그 길
오늘의 가을은 코스모스길
자유분방하게 피어 맘대로 흔들어대고

가을은 제대로 오고 가는지
기다림 없는 가을바람에
하늘은 높고 높은 푸름으로 반기고
사람들의 살랑거림의 가벼운 걸음은
결실結實을 준비하는 희망希望의 여유로움이라

눈이 시원해지고 부드러워진 심정心情은
어제의 고통苦痛을 지울 수 있는
내일을 긍정肯定으로 보는 넉넉한 시골길 가을이다.

2023. 9. 19~22.

그리움은 남기고 아픈 이별은 보내고

짙은 밤을 파고드는
기다림의 끝은
동트기 전의 짙은 안개
찬 바람 부는 사이로
나를 흔들며 흔적 없이
사라져가는 이별의 어둠을
기다림 없이
그녀 흔적을 앗아간다
진공상태의 멍한 정신은
이 어둠을 벗어나려는 블랙홀이다

이 어둠에 솔로 남은 고통을
떠오르는 햇살이 아련히 태우며
혼돈의 어둠을 내몰아내는
지난밤
그녀 생각에 갇혀있던
나를 꺼내어
미련 없이 마음에서 지워간다
그리움이 남더라도

달고 살던 이별 아픔을
그녀 생각하며
마음에서 내보내고 있다

하늘이 주신 늦은 연분이기에
서로에게 지켜주자던 다짐은
내 맘속 지우개로 아련히 날려 보내며….

2023. 9. 27~28.

평온한 맘이 한 번이라도 찾아들까?

마음을 비우면 평온하겠지
알면서도
현실은 그렇지 못하니
불만의 억울함 속에 한계를 느낀다

버릴 수 없는 욕심이기에
어쩔 수 없이 현실을 받아들일 수 없는
오늘을 보내고 있으니
평온할 리 있겠는가?

기도하는 마음으로
내일을 바라보면
기대하는 맘이 욕심 가득 찬 마음을 추스르면
그 마음에 평온이 찾아들까~?

하늘이
내게 주어진
인생에
한 번이라도….

2023. 10. 2.

가을향기가 지쳐가고 있네

가을향기를 훔쳐 가는 세상
혼돈의 붐빔으로
들꽃이, 화단 꽃이
이곳저곳의 아우성으로
지쳐 시들어간다
쉴 틈의 공간상실로
가을이 늙어 가고 있다
가을 찾아든 나들이 꾼들의 괴롭힘은
세상의 이기심이라

가을향기 방해하는
인간들의 복잡한 한풀이 나들이는
꽃의 그윽한 향기 품은 여유를
하루 더 빨리 사라지게 한다
인간의 욕심이
가을 본연의 모습을 잃어 가게 하니
자연의 멋을
두고 보지 못하는 어리석음에
가을은 떠날 채비로 지친 몸을 추스르고 있다.

2023. 10. 16.

가을이 옷을 갈아입고 있는데

세월 따라 가을은
붉은색으로 노란색으로
세상천지는 서로 시샘으로 앞다투어 갈아입고
모델인 양 멋들어지게 옷단장하며
머리부터 발끝까지 덮는다
눈에는 울긋불긋 비춰고
세상은 총천연색 무지개로 피어오른다

누구를 위한 꽃단장인가
누구를 홀리려고 물감을 뿌리며
산야를 한 폭의 그림으로 펼쳐놓는지
그려보는 님은 누구이고
그 마음을 느껴보는 님은 누구인가

지금, 내리비추는
저 하늘에 수많은 별 중에
단풍에 취해 별똥 되어 세상과 포옹하려나
그런 자신自信은, 그런 용기勇氣는 있는지

저 하늘 별빛도 붉게 물들어가며
하나로 동화同化되어 간다

나도 동화된다
인생은 물들어간다.

2023. 10. 19.

사랑이 보이는지

사랑하고 싶은 나
그대가 보인다

사랑은 보는 것이 아니라
보이는 것이라

이 순간이 소중하다
홀린 듯이 다가온

너에게서 온 사랑이기에
환히 이어갔으면

살다가 힘든 날
차오르는

그리운 그녀의 사랑이
오늘의 힘이다.

2023. 10. 19.

홀로 가는 나를 파고드는 너

세상은 슬프지만
외롭지 않은 것은
이 마음에 그대가 있기에
가능한 일
살아가는 힘이다

요기에 구름이 떠 있고
그 사이에
빛살이 들어온다
너의 흔적이 따스함을 준다
견디어가는 오늘이다.

이 순간에
네가 없다면
지금 내가 있을까?
신神의 배려配慮인가!
세상에 가려진 나를 바라본다.

2023. 10. 20.

가을은 외로움을 채워 가는가!

오늘의 가을 나들이는
거니는 들길마다 훤한 시야로 가슴이 확 트여온다
가을의 그 속마음은 뭘까

시야를 사로잡는 눈부신 가을하늘
여심을 자극하는 흔들림의 갈대 바람
파고드는 살랑거리는 마음

가을은 상당히 신경 쓰며
우리를 꼬시며 멋 부린다
기억을 미소 지으며 추억을 담아내고 있다

사람은 홀로된 외로움이 있는데
그 외로움을 품고 다가오는 가을은
짝이 되어 외로움의 빈자리를 채워 가는가.

2023. 10. 21.

단풍이 품은 속마음

보는 이마다
감탄 주는 붉으락푸르락 누런 단풍은
두루 경험한 세월의 인고忍苦라
사계절 공존하는 아픈 순종으로
완성되어 가는가

신비한 자연으로 깊어가는 탈바꿈은
긴 침묵沈默의 몸부림 시작인가
설렘을 동반한 상상의 나래를 준다

오는 단풍이 주는 가을 스케치는
마음의 상처를 불긋불긋 물들게 하는
심상치 않은 한풀이로
공감共感을 얻어가고 있다.

2023. 11. 1.

바람은 길이 있는가!

거침없이 불어가다가 탁~, 막힘으로 멈춰 선다
누구를 만났기에 막힘없이 갈 길 가던 너도
두려움이 역습해 오는가
소리 없이 숨어버리는지

속마음을 속 시원해 줄 순간도 잠시
답답함으로 먹먹해 간다
어느 시인이 노래했던가 '바람에도 길이 있다고'
지금까지 그 길을 올라타지 못하고
막아서며 방해만 했으니
될 턱이 있겠는가!

늦가을 바람은 바람개비처럼 바람에 올라타
길 따라가면
방황하던 바람길을 바로 잡겠지
답답하기만 한 인생살이 바람 따라 떠나보내자
다시 못 올 길이지만
잊혀 가리라~

바람에 맞서 저항하던 나를
한 방에 날려 보내고
순종順從의 마음이 순방향順方向에 서니
이리도 편한 것을
그동안의 어리석음은 바람결 따라 떠나간다.

2023. 11. 13.

내게 그리움 하나

평생平生 달고 살아온
그리움 하나

그 기다림이
막바지에 이르는 듯

그 세월歲月은 아팠고
그 일생一生은 슬펐다

그 아픔을 알지 못한 인생은
그리움을 모르는 슬픈 인생이다

그리움을 달고 사는 인생은
언제나 내일의 만남을 그려 낸다

오늘을 살아가는 보고픔은
언젠가 이룰 그리움의 원천原泉인가

평생토록 그 그리움을
이루지 못한다면…

아~, 그 아찔함을 뒤로하고
그리움이 이뤄질 내일을 그리며

설레는 벅찬 맘으로
오늘을 살아가는 희망希望이기에

그 그리움을 해소하는 날이
그녀가 오는 그때이다.

2023. 11. 18.

제4부

겨울에는…

(이랬습니다)

빈 가슴

빈 가슴,
헛헛한 마음
채워주던
달콤한 향기의 그녀

어느 날
잔인한 미소로 떠나갈 때
냉혹하게 다가오는 배신背信
채워왔던 마음의 향기가
하나~, 하나씩
증발되어가고
다시 공허空虛한 빈 가슴으로 남는다

끝없이 홀로 우는 눈물로
채울 수 있다면
뻥 뚫린 가슴을 채워가기엔
너무 아픔입니다.

2003. 2. 4.

늙어 가는 나이 생명줄

새해 들어
다짐하는 마음으로 거울을 보는데
의욕 상실로 단장할 맛이 꺾이어 간다

세월歲月은 익어 간다고 하지만
익어도 너무 익었다
인생人生은 편집될 수 없으니
조만간 결실로 이름만 남겠지만

이 세상에 태어나
세상에서 얻은 것은
모든 것을 겪어야 하는 초라한 삶
포기할 수 없다는 의지로 살아가려는데…

100세 인생이라고
남들은 떠들어 대지만
어느 날부턴가 내게는 요원한 남의 이야기
나는 낙오되고 있었다.

2017. 1. 3.

사랑과 그리움의 이중주

그 남자를 못 잊어 하는 '그녀'
그녀를 그리워하는 '나'
번민이 깊어가는 밤에
이 밤이 지나면
모두가 흘러가는데

휘몰아치는 감정의 깊이
잔잔한 마음으로 진정하고
인연의 시작점을 찾아볼까
내 감정을 읽고 내가 울고 마는
사랑의 잣대로 남아야 하는가

말 한마디 못하고
마음의 거리만 길어져 가는
그리움은 깊어가며 멍한 마음만 자리한다
다른 마음을 찾을 수 없을까
그러면 좀 나아지려나
이룰 수 없는 잊힌 그리움으로 남는가.

2022. 12. 8.

장애의 운명적 만남

내가 어릴 때
장애가 되지 않았다면

오늘날, 지금
뭐가 되어있을까?

정말로 궁금하고 궁금하다
분명 운명을 바꿔놓은 장애

품고 있던 꿈이
길이 아닌 것을 알면서도

포기할 수 없는 자존심
오늘의 나의 모습이고 현실이다

그러나 세상世上은
나를 보지 않고 장애障礙를 본다

장애는 갑甲이고 내가 을Z이다
늘 세상에 나가면 장애가 나를 이긴다

내가 이길 때는 나 혼자 방구석에 있을 때이다
이때만 장애가 온순해진다.

2022. 12. 29.

이 순간도 처음입니다

처음입니다

흐르는 일상日常에서
벌어지는 것들이
반복적으로 일어나는 것 같아도

실상은 늘
처음으로 접하는 일입니다

지금, 흐르는 시간도
지금, 보이는 것도
지금, 시작하는 것도
현실에 진행되는 경험도
자고 일어나는 것도

이 순간도

내게 흐르고 있는 인생에서
처음으로 다가오는 것입니다

그런데 왜~?
낯설지 않은 것은….

2023. 1. 2.

눈물이 머무는

안쓰러워라~ 마음이 헤져도
그대의 손길은 따뜻이 남아있는데
참을 수 없어 외로워 괴로워지니

두 눈뿐이기에
두 눈에 눈물이 한없이 내린다

마음이 텅 비어 허전해지고
호수에 갇혀 좌절하던 물결은
자유 찾아 냇물로 흘러 강물로 더해지고

벗어나고 싶어 멍하니
초점 잃은 나에게
봄은 숨어들고

야생화野生花로 핀 거친 삶은
되돌릴 수 없는 길지 않은 인생길에
오늘따라 추위가 더해온다.

2023. 2. 10.

짧은 사랑이 남긴 긴 그리움

어느 날인가
인생에 길지 않았던 사랑 후유증이
기억조차 희미해진 짧은 사랑 하나가
마음 한구석에 휴화산으로 남아
강렬하게 타오르고 있다

이루어가지 못한 후회스런 오늘
마음엔 식지 않은 그 사랑
순간에도 아쉬움만 남는 그때 기억
지금까지 이어지는 긴 그리움

아린 마음이 깊어가는 밤에
근원 없는 찬 바람결
창문이 흔들리니 나만이 있음을
단풍이 낙엽으로 가는 막다른 길목인가
외로움에 지친 애간장이
도度를 넘는다.

2023. 2. 26.

지금도 겨울비가 내리는 것은

찬바람이 일더니 겨울에 비가 내린다
빈 마음에 그 빗물이 저수되어 쌓여가니
눈가에 덩달아 흐른다

겨울에 눈이 아닌 비 내림은
방황하는 마음을 대변한다

이 비가 아침에 얼면
마음도 얼어가며 그 추위에 떨며
외로워하는 나를 보겠지

간신히 남겨진 그리움이
이 비로 쓸리어 가면
그 자리에 남겨진 텅 빈 가슴은
누구를 채워가야 하나

느닷없이 내리는 겨울비는
나를 더욱 혼란스럽게 한다

밖에서 들려오는 이 비는
생生을 다해가는 노모老母를 바라보며
나 홀로 견뎌야 하는
흐르는 마음에 눈물로 채워간다.

2023. 12. 17.

추위에 떠는 냉한 맘

떠나가는 인연들
쌩한 바람 얼어가는 맘
추위에 찢기어 가는 마음이

세상을 급랭한 생선같이
꽁꽁 얼어가는 바깥세상은
온통 찬바람으로 외면되어지고

저 사람도 그 사람도 추위에 떨며
유난히 추운 겨울은
나의 처지를 알려주기 위함인가!

따스한 방구석이던지
포근한 카페에 있던지
주님 사랑이 그윽한 성전에 있던지

누구인가 자꾸 나를
내 맘은 춥기만 하다
어찌할 수 없는지…

하늘과 땅 사이에
나만 있는 듯이
모든 것들이 휘몰아쳐 간다

이 겨울이 춥다.

2023. 12. 22.

빛바랜 세월이라도 피어가리라

세상에 솔직함이 다가오는 것은
인생을 거닐다가
새겨가는 사연들이
하나씩 다가오고 사라져가는

세월이
인생살이 속에
그 사연을
맘속 지우개로 지워갈 때

흐르는 눈물을
봄바람으로 씻기어 가며
우리의 만남을 이어갈 것이라는
안도감이 든다

흐르는 눈물이
가을바람으로 날리어 갈 때
이별은 사라져갈 것이라는
서운함을 달래준다

모질지 못한 세상살이에
그때마다 불어오는
바람 따라 나는
갈피를 못 잡고

인생 주변에서 서성거리다가
피지 못한 봉오리
이제라도
꺾이지 않는 마음으로
그 바람결에 올라타 피우리라.

2023. 12. 28.

새해 하루를 보내고 나니

또, 새해가 왔다
그리고 하루가 갔다
다짐은커녕 무관심으로
하루를 보낸 것이다

내일이 주는 희망을
상실한 체
65세 되는 해를 맞으며
무책임하게 하루를 보내고 나니

내가 한심해지고
그렇게 보인다
여유 부릴 때가 아닌데
세월 빠름을 탓할 때가 아니잖아

어제의 다짐으로 온
긴장감은
하루 사이에 어디론가 사라지고
아직도 364일 남았잖아

안일한 나태는
아직도 정신 차리지 못한
한 인간의 인생낙오人生落伍의 단면을
새해도 보여주고 있는…

이렇게 살면 아니 되잖아
한숨 내쉬며 한탄한다고
해결되지 않잖아
나 스스로 이겨내고 극복하고

주어진 삶을 하루하루
창대히 만들어 가야 하잖아
내가 내 인생을 이겨내고 만들어 가야지
또 내일에, 다음에, 하지 말고

이 순간, 지금부터 정신 차리고
삶의 질을, 품격으로 높여가자
내가 나를 실망시키지 않는
오늘, 내일이 되어보자

하루하루 쌓여가면
한 해가 가기 전에
나의 변한 일상을 보게 되었지
다짐의 눈빛이 별빛으로 비춰온다.

2024. 1. 2.

새해에 봄을 기다리는 속마음

봄의 기다림은
너의 살아있는 숨결을 듣고 싶음이요
너의 따스한 손길을 잡고 싶음이요
너의 포근한 바람결과 속삭이고 싶음이라

봄의 그리움은
그녀가 사뿐히 올 것 같은 그리움이요
그녀가 사랑을 전달할 것 같은 그리움이요
그녀와의 사랑이 시작될 것 같은 그리움이라

봄은 이별이 아닌 만남을 주는 약속이다
봄은 생명 탄생의 보고픔이다
봄의 기다림은 그녀의 그리움이다
봄은 나의 존재를 알리는 힘이다.

2024. 1. 3.

순종하기에 아프다

시공간視空間을 초월할 수 없는
신神께서 주신 그대로
자연의 섭리로 살아갈밖에
순종하는 우리네 인생이기에

사랑하는 그대 곁에 있지 못해 슬프고
맘에 없는 사람 곁조차 있을 수 없는
참으로 외로운 인생이로다
참으로 고로운* 인생이로다

피와 살점으로 조작된 인생역경人生逆境 속에
몸부림치며 기도하며 역행逆行하려 한들
신神의 손바닥에 주어진 대로 살아갈 수밖에
구속된 인생人生은 어찌하지 못하고

임이 그립다
내게 사랑은 없는지
인생은 춥고 사랑은 외면하니

내게 올 사랑이 사무친 마음에
숨죽이고 새벽에 눈이 내린다.

* 고로운(고롭다) : 괴롭다, 수고롭다
2024. 1. 9.

세상에 어린 시절이 쌓여가네

묵직이
침묵이 흐르는 한겨울
고요한 세상

방황하다 안식처 찾아
귀순하듯이 내려앉는
포근히 쌓여가는 눈

홀로 사뿐히 안으며
내 눈에도 눈이 쌓여간다

그 어느 날이던가
어린 시절로 이끌어 가는
묘한 매력이…
포근한 안식처 넉넉히 포용하는 용기

그날 오후에
장독대 위에 소복이 쌓인 눈 뭉치
세상 만난 개구쟁이 해방구

세월을 끌어안는 여유로
사람 사는 세상을 만들며
인생을 포유하고 있구나.

2024. 1. 19.

오늘, 존재하는 힘은

지금, 내가
여기에 서 있는 것은
그대들이 있기에

열정을 다할 수 있으며
오늘 걸어갈 수 있고
내일을 품을 수 있는 힘이다

고맙고 감사한 이유다

남의 인생을 모방하지 않고
처절하게 나의 인생을 추구해가는
에너지 한편에

그대의 향기가 있기에
오늘도 이 순간에도
견뎌내는 지금이라오.

2024. 1. 27.

그대에게 스며드니

나만의 홀로인가
고독이 밀리어 오네
감당할 수 있다지만

여기저기 다중多衆이 있어도
외면되어 가면
나 홀로 고독을 삼켜야 하는
어찌 감당하리

이런 마음으로 살아가는 지금,
이 험하고 힘든 세상살이를
긍정적 생각과 희망적 삶으로
나 혼자가 아니라는
일깨워준 임이 있다는 오늘

외로이 남아있던 마음에
그대를 포옹하니
차갑던 고독 맘이
즐거운 시간으로 따스해져 가네
행복한 오늘 밤이다.

2024. 1. 31.

설 전날에

설 전날 까치설날마다
늘 그랬던
형제 식구들이 몰려와
왁자지껄하던 집안이

어느 날인가
전 부치며 시끌벅적 들뜬 집안이
사라지고
병든 노모와 나뿐이다

형제 조카는 발길 끊고
점점 외면되어 가고
모이지 않고 나타나지 않으니
세월 따라 세태변화인가

효심은 귀찮은 존재로
우애는 사라지니
오늘의 설 전날도
적막 품고 외로워하며

아픈 육신으로
자식 손자 손녀를 그리며 잠들고
그 옆에 소외된
자식 하나 의지하며

설 전날 밤을 보내고 있으니
그래도
설이라는 아침이 찾아들겠지
엄마에게 나라도 세배드려야지.

2024. 2. 9.

그리움, 가슴에 머물다

겨울지나 봄은 오는데
그녀는 어디서 뭘 할까
그대는 나처럼 그리워할까
늘, 한편에 자리한 질긴 그리움

이 순간도 내게 보이지 않기에
더욱 그리움이 묻어온다
이승은 모두가 처음이라지요
그녀도 모든 것이 생소하겠죠?

나를 만나는 것도,
내가 그리워한다는 것도,
그리움에 겪는 갈증도,
세월이 품은 그리움도,

누구나 처음으로 다가오는
인생여정人生旅情의 그리움
그 그리움을 하나씩 만나가고
마지막 남은 그리움을 해결하는 날

나는 어디서 그리움을 만나고 있을까?
사랑을 깊이 주고받았으면
잊어지지 않게
다시는 그리움 없게

가는 세월은
긴 그리움으로 머무는데
그리움을 남기고 가는
그는 누구인가

멀기만 한 그리움이 가슴에 머물며
한恨 많은 메아리로 외쳐보지만
먹통으로 듣는 이 없이
묵직하게 가슴에만 울리어 갈 뿐이다.

2024. 2. 14.

외로움을 받아줄 인연을 그리며

세월이 제 뜻대로
사랑을 이루어간다면
그러면 인연은…
그런 눈빛이 간절함은

세상을 감동 줄
한 남자의 연민으로
당신에게 묻어 들어가
너무나 해맑아지는 마음

세상은 모두가 각자 살다가
반드시 둘이 하나 되어가는
주어진 연분이
내게만 없으니…

어느 날 그리고 그날
인연이 다가와
인생이 홀로 아닌 둘이 되어
외로움이 내게서 떠날 날이 오기를….

2024. 2. 15.

인생의 고단함을 견디며

참~ 외롭다
나만 남은 인생길

단순한 인생, 한심한 인생길
아무것도 할 수 없는 현실 속 '나'

새벽에 두 눈 뜨고 잠 못 이루며
어둠이 나만 붙들고

안절부절 불안해하는
나를 느끼며

다들 어디 갔는가!

묵음默音으로 맘에서 외치고 있을 뿐
말문이 열리지 않는다

지쳐가는 시간
몸부림치는 시계 소리

그 누구도 외면되어 가는
짙은 새벽 방房안의 적막함

나를 찾는다

이 넓은 세상엔
나뿐이다.

2024. 2. 29.

성성모 세 번째 시집

그리움, 가슴에 머물다

초판인쇄 | 2024년 8월 5일
초판발행 | 2024년 8월 12일

지은이 | 성성모
펴낸이 | 서영애
펴낸곳 | 대양미디어

04559 서울시 중구 퇴계로45길 22-6(일호빌딩) 602호
전화 | (02)2276-0078
팩스 | (02)2267-7888

ISBN 979-11-6072-132-4 03810
값 13,000원